어쩌다, 예순

글 다은 이숙미

〈한국문인〉 시부문 등단
한국문인협회, 국제시낭송예술인연합회 회원
종합문예지〈문학 秀〉 운영위원회 위원
다원 시울림 낭송리 수석부회장
행복동 낭송리 한국문화예술공동체 시·가·울
새한국문학회 운영위원 및 문예운동본부장 역임
한국문화예술 명인시낭송 예술대상 수상
전국김소월시낭송대회 자작시 대상 수상
저서−시집《어쩌다 예순》

그림 서정 이숙정

서화 작가협회 초대작가 및 분과위원
경인 미술 대전
행촌서예 대전
부천 휘호대회
우수상 外 다수 특선
부천문인화협회 회원
(현)부천원종종합사회복지관 문인화 강사

어쩌다,
예순

숙미 쓰고
숙정 그리다

정출판

저자의 말

늘 그래왔던 것처럼
아쉬움 반 후회 반으로 뒤돌아보게 되는
일 년의 끝자락에 우린 서 있다.
여기저기서 올드램 사인의 선율이 울려 퍼지면
우린 또 세월이 주는 허탈감에
눈물을 삼키지는 않을지.

가냘프게 붙잡고 있는
우리들의 추억!
세월이 우리에게
내어주는 숫자!
뒤돌아보면 그리움의 시간들뿐

차례

2부

3부

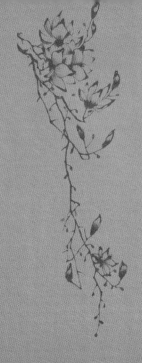

조금씩 변해 감을 알아채지 못한 어느 날

거울 속 낯선 여자가 어쩌다 예순이 되어

슬픈 표정으로 나의 시선을 피하고 있었다

1
부

1월의 기도

해오름달 1월에는
내 이웃의 모든 이들의 마음을
눈처럼 깨끗하게 하소서
번민과 고통으로 뒤엉켜
암담했던 묵은 한 해
하얀 눈처럼 깨끗하게 하소서

그리고
그들의 마음에 꿈의 꽃을
피우게 하여
심장이 다시 요동치게 하고
그들의 마음속에
믿음과 기쁨이 터 잡게 하소서
큰일보다 작은 일에도
그들의 한 해 계획을 실행할 수 있도록
기회를 주소서

그러고도 여유가 있으면
사랑으로 가슴 뛰고
사랑으로 붉게 가슴을 물들게 하여
겸손을 알게 하소서

또 한 해
교만을 멀리하고
나보다 못한 이웃을 사랑하는
지혜를 주소서

겨울 연가

당신의 곱디고운 마음을 닮은
하얀 눈이 내리면
그 하얀 마음잡고자
눈 속을 걷고 또 걸어봅니다

쌀가루처럼 더 하얗게
온 세상을 뒤덮으면
어느 누군가의 가슴속으로
꼭꼭 숨어 날 외면할까 두렵습니다

작은 냇물이 꽁꽁 얼어붙고
걷던 길마저 눈 속에 갇혀버리고
당신의 맑은 목소리마저 숨어버리면 어쩌나
또 나는 깊은 근심에 잠겨 버립니다

소리조차 숨죽인 채
눈바람이 불어준다면
그건 당신이 날 부르는 속삭임으로
생각해도 될는지요

아름다워 더 슬픈 허전함조차
그건 바람 탓으로 돌리고
하얀 눈이 녹아내리기 전에
당신이 내 곁에 왔으면 하는
바램으로 기다리고 있겠습니다

어쩌다 예순

오늘은 또다시 어제가 되어
추억과 그리움 안은 채 날 돌아보게 한다
나의 스무 살 시절에는
영원히 그대로일 줄 알았음으로
서른이 된다는 것이 두렵지 않았다

그러나 서른하고도 아홉이 되던 날
거부할 수 없는 세월이 찾아오고
아이들이 자라는 걸 보면서
마흔이 된다는 것이 두렵기 시작했다

그렇게 마흔이 되고 쉰이 되니
스무 살 시절이 그리웠고
서른 시절이 그래도 청춘이었다고
마흔 또한 그러했노라고 소리치고 있었다

조금씩 변해 감을 알아채지 못한 어느 날
거울 속 낯선 여자가 어쩌다 예순이 되어
슬픈 표정으로 나의 시선을 피하고 있었다

눈가의 주름은 세월의 훈장으로 남은 채…
나의 청춘 시절은 추억 속으로 사라져 버린 채…

거울을 보며 난 속삭이고 있었지
일흔이 되고 여든이 되면
그때는 또 그래도
예순 시절이 청춘이었노라 말하겠지

봄소식

먼 산 너머 불어오는 바람에
웅크린 나무 기지개 켜고
메마른 가슴에 설레임이 자리한다
기다림의 약속인 양

나뭇가지 끝엔 생기 돌아
서서히 물오르고
계절의 변화 알리는 목련은
그 봉오리에 온 힘을 쏟는다

산자락에 걸려있는 아지랑이
그 너머에서
봄은 많은 소식 안고
따스함과 함께 스멀스멀
우리네 생활 속으로 스며들고 있다

꽃봉오리 곧 터질 것 같은
기대감과 설레임을 갖고

아침

저녁이면 찾아왔던
삶의 무거움도 버거움도
아침이면 구름 제치고, 바람을 가르고
어느새 새날이 되어 찾아온다

아침에 눈을 떠
제일 먼저 듣는 소리가 새소리라면
내 몸은 이미 새가 되어 날고
코끝에 와 닿는 게 풀 내음이라면
난 이미 초원에서 달리고 있으려니

캄캄한 어둠이 깊고 깊다 밝으니
쇠잔한 기운은 사라지고
일그러진 표정도 환해진다
그렇게 아침은 어둠을 몰아내고 희망을 채워준다

유리창을 뚫고 방 안 깊숙이 드리워진 햇살
아침이 만들어 내는
기교일 수밖에 없으니
사람들의 발걸음은
유난히 밝아진다. 바빠진다

숨을 쉬는 지구상의 하루는
아침에서 깨어난다
세상의 모든 희망이 몸속으로 스며드는
아침이 춤을 추면 사람들의 아침은
또 다른 새날이 된다

봄

겨우내 내 가슴에
보이지 않게 자리 잡고 있다가
흐르는 물소리 들으며
봄이 깨어난다

진달래 꽃망울 아프게 터뜨리면서
봄은 그렇게
살아 있음을 온몸으로 알리며
소리 없이 우리들 곁에 와 있다

그런 널 맞이함에
나도 덩달아 몸살을 앓는다
매서운 추위 이겨내고 먼 길 돌아서
햇살 가득한 따스함으로 다가와
희망이라는 만병통치약을 주는 날엔
연초록 산새가 노래하고
이름 없는 들꽃이 바스락 고개 내밀고
얼어붙었던 강 밑으로 시냇물이 모여들면
봄은 고마움으로
여기저기서 꿈틀대기 시작한다

또 다른 하루

잠을 청하려 거실 창 쪽 소파에 몸을 뉘어본다
창가에 부딪히는 가로등 불빛만이 덩그러니 내 시야에
희미하게 꽂힌다
울고 싶을 만큼 밀려드는 고독감
찡~ 가슴이 저려온다

많은 생각으로 시간은 어느새 새벽으로 달리고
이른 아침 길 떠나야 하는 마음만 조급해진다
밤잠을 설치고, 괜히 우울해져,
어디론가 훌쩍 떠나고 싶어진다

어느새 "갱년기"라는 단어는 늘 그랬던 것처럼
내 옆에 와서 있다

그랬다. 잠을 설치고, 우울해지고, 떠나고 싶은 이유는
내 나이가 꼭 치러야 하는 복병! 갱년기였다.
그래서 서글프다
오늘도 어제와 또 다른 하루를 시작하자
일탈은 언젠가 한 번 해볼 나의 숙제다

빈 의자

지친 세월
잠시 쉬었다 갈 수 있게
빈 의자 되어
아무 말 건네지 않고
그대만의 휴식을
바라만 보는 사람이고 싶습니다

잠시나마 머물면서
또 다른 세상을 꿈꾸는
그대의
넉넉한 공간이 되어주고
여유로운 길동무가
되어주고 싶습니다

더 이상은
어쩌지 못하는
흰 허리로 돌아와
지난 세월을 돌아볼 때
말없이 내어주는
빈 의자이고 싶습니다

비 내리는 날의 그리움

오늘같이 비가 내리는 날은
그리움에 젖어
내 마음은 이미
그대 곁으로 가는 비가 되어 버립니다

거리에는 온통 비가 고이고
쏟아져 내리는 그리움도
내 가슴속에 가득 고입니다

비 내리는 날은
하늘도 잿빛이라
사랑의 힘으로 애써,
파란 하늘을 상상하며
그대 모습을 찾습니다

보고 싶어서 하루를 비우고
그 빈자리에
그대 모습 꽉 차게 담을 수 있으니
비 오는 날을 아마도,
좋아하나 봅니다

우산으로는 몸 하나야 가리겠지만
그대 향한 그리움은
무엇으로 막을까요

빗속을 뚫고 달려오는
그대를 맞이하려
난 설레임으로
대문의 빗장을 종일 열어 놓습니다

봄 길

또르르
연둣빛 새 옷 입고
봄이 내려앉는다
아장아장
아기 걸음으로 사부작
뽀얀 연기구름 타고
봄이 오고 있네
너와 나 모두가
원하는 따사로움을 전하고자
봄은 오랜 기다림 끝에
새색시 꽃 신 신고
아름드리 오고 있네
칼바람 눈바람 몰아내고
지친 걸음으로
봄은
그렇게
가슴속으로 먼저와
자리 잡는다

이제야 보이는 것들

함께 지구상 곳곳에서
어울려 살던 자연 속의 생물들이
탈을 벗고 노하였다

이 땅에 바이러스가 강성하고
인류의 역사를 바꾸어버린
전염병이 도처에 도사리니
사람 간의 거리가 점점 멀어지고
북적이던 도심의 발걸음마저도
뜸해져 버렸다

밤과 낮을 전쟁터처럼 사는
이 시대의 영웅들이
목숨을 내어놓고 사투를 벌여도
보이지 않는 그놈은
좀비처럼 우리의 일상에 파고들어
문명을 변화시키고
사람들의 숨통을 막아 놓고
마음 한 곳도 둘 데 없이 만들어 놓으니
웃음도 환호도 축제도 情마저도 망가져 버렸다
잃고 나서야 비로소 보이는 것들이
뼈저리게 그립고 고마울 뿐이다

아! 그러나 언젠가는
이 땅에 코로나19가 사멸할 때는
너도, 나도 고함쳐 보리라
우리는 다시 일어서 또 다른 역사를 쓸 것이라고

별 하나 · 1

까만 밤하늘에
별이 총총 빛나면
뜨거운 가슴에도
별 하나 뜬다

그 별!!
너였음 좋겠어

별 하나 · 2

가슴이 뜨겁고
두근 거리던
어느 날
별 하나가 빛난다

그 별!!
너였어

그녀들의 수다
—낭송가들의 노래

다소곳한 웃음에
나뭇잎들은 왈츠를 추고
꽃잎들은 햇살 시려
윙크로 답한다

그녀들의 요술봉이 허공을 휘두를 때면
시냇물의 합창이 시작되고
그려지는 것 모두
보여지는 것 모두
냉기가 온기로 스며들고
수직의 선율이 곡선으로 휘어진다

그런 곳에는 평온함이 호수처럼 잠자고
궁색한 변명이 진실 앞에 고개 숙이고
샘물 같은 정이
강으로 바다로 흐른다

옷을 입히자
화장을 하자
그렇게 그녀들의 수다는 시작된다
도시의 빌딩 숲에 가려진 초췌한 군상들은
그녀들의 수다로 어느새
고향의 품속 어머니 품속으로
달려가고 있다

첫사랑

모나리자 미소를 닮았다고 말해준
너를 생각하면
내 마음엔 별 하나 빛나고 있었지
그런 날 생각하면
너의 가슴에는 별 하나 박혀 버렸다고 했어
수없이 많은 별들이
여전히 빛나고 있는데
이제야 내 마음 다 줄 수 있는 너는
어느 하늘 아래 살고 있니?

사월의 바람

사월!
살랑 마파람이 불어오니
가지마다 새싹이 눈을 뜨고
수줍은 목련
교만한 모란
하늘 보며 살짝 미소 짓는다

휑한 가슴으로 겨울을 보내고
두 팔 벌려 봄을 환호하니
남산골에 옹기종기 모여 앉은
복숭아꽃 살구꽃은
꿀벌을 유혹하고
빈 들판에 달래랑 냉이는
여기서 쑥! 저기서 빼꼼!
서로 뒤질세라 눈 맞춤하며
키를 키운다

사월의 남풍은
동구 밖 모퉁이를 느린 걸음으로 다가와
환희와 탄생과 기쁨을 품고
환한 눈부심으로
산과 들과 강물 위로
사뿐히 내려앉는다

사방이 환해진다

동행

거센 비바람에도
쓰러지지 않을 그대여서
난 당신을 따라
길을 나섭니다

현실의 무거운 짐 잠시 내려놓고
일 년이 될지
십 년이 될지
영원할지 모를 여행을
난 바람 되고
당신은 구름 되어 떠나려 합니다

세상이 만들어 낸 공허함을
채워줄 마지막 한 사람이
따뜻한 당신이었으면 좋겠습니다

가다가 지칠 때쯤이면
말없이 토닥토닥 감싸주는 것도
당신 몫이었으면 좋겠습니다

강가에서

생각의 종착역에는 항상
외로운 당신이 서 있습니다
그런 당신은
어제처럼 오늘도 강가를 걷습니다

슬픔이 눈물에 씻기듯
소리 내어 울지 못하는 소리가
윙윙 귓전을 맴돌고 있습니다

가던 걸음 멈추고
강가 미루나무에 기대어
고요히 흐르는 물길 속에 가슴 깊숙이
품고 있던 속앓이를 띄워 보냅니다

고요를 안고 강은
그저 말없이 흘러가고 있을 뿐
그렇게 침묵으로 흐르는 시간 속에
당신은 오늘도 어제처럼 서 있습니다

오월에 쓰는 편지

라일락 꽃향기가
바람 타고 공중을 맴도는 뜰에서
편지를 씁니다

당신이 떠나 비어있는 마음자리에는
깊고 깊은 그리움이 베어
침묵만이 흐릅니다
꽃이 피고 또 한철 꽃이 지는 오월에는
아득히 먼 우리들의 스무 살 시절로 돌아갑니다

당신의 손길에 마약처럼 내 가슴은
타오르기만 하였던 시절이 있었지요
꽃이 진 자리마다 초록이 젖어 물이 들 듯
기약 없던 이별의 아픔에 나 또한 눈물 젖어
주소 없는 편지를 씁니다

눈이 부시게 아름다운 이 봄날
그리움에 지쳐버린 이 육신은
어떡하면 좋을까요?

과거를 뒤돌아보면 빗줄기 수만큼
내 가슴에도 추억이 함께한다
순수하고 애틋했던 나의 스무 살 시절!
만나는 시간보다 기다림이 더 설레였던
첫사랑을 회상하면서 이 시를 쓴다

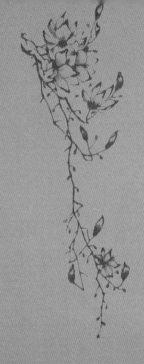

이렇게 자연의 이치도

가고 또 오고를 반복하면

우리 또한 많은 걸 남기고, 배우고

비움에 채움을 더할 가을을 기대하며

여름 이별을 준비한다

2
부

비 오는 날

유리창에 부딪히는 비를 사이에 두고
도심의 벼랑 같은 벽을
물끄러미 바라본다
창 너머 벤자민이
겁도 없이 바람 따라 출렁인다

한 방울 두 방울 모여
거센 비바람으로 휘몰아치고
태양은 구름 위로 몸을 숨기고
잿빛 하늘을 이고 쉬지 않고 비는
유리창에 흩어져 내려 대지를 적신다

기다려도 기다려도
오지 않던 그 사람이 이렇게 비 오는 날
비를 타고 내게 돌아와 서럽게 우나 보다
그 사람의 눈물이
비가 되어 내리나 보다

파도

파도 파도야
넌 그리움을 아느냐
파도야
넌
이별 뒤에 찾아오는
깊은 그리움을 아느냐 말이다

하얗게 부딪혀 포말 되어 사라지는
기억과 추억의 잔재들을 안고
바닷가에 선다

파도야
아는지 모르는지
오늘도 넌 바위에 부딪혀
멍이 들고 마는구나

6월의 장미

당신을 만나러 가는 날
담장 너머 붉은 장미 넝쿨 하나가
불꽃처럼 타오르고 있었습니다

식지 않는 정열로
당신 사랑한다고
고백하러 가는 날입니다

우리의 사랑이
우리의 행복이
당신 앞에서는
유난히 작아진답니다

그래도 6월의 장미만큼
뜨거운 사랑으로
영원한 행복으로
꿈을 꾸며 살겠습니다

아가야

해를 품은 아가야
달을 품은 아가야
두 볼에 우주의 별이 앉아
반짝거리니
이 세상을 밝히는 빛이 되었구나

너의 눈에는 영롱한 별이 빛나고
너의 가슴에는 찰랑찰랑 호수가 있지

너의 웃음에는 천지를 호령하는
힘이 묻어 있구나

아가야
넌 하늘이 준 선물이란다
우리에겐 축복이란다

세월

세월아
어딜 그리 동동거리며
가려고만 하느냐
고단한 짐
저기 큰 소나무에 묶어두고
잠시 쉬었다가 가려무나

보슬비

뒤뜰 남새밭에
보슬보슬 보슬비가 내린다

여기서 쑥쑥
저기서 쑤욱 쑥
울 엄마
발걸음이, 손끝이 바빠진다

고추잠자리

윙윙 고추잠자리
몇 바퀴 순찰 돌다
고춧대 나무 끝에 앉았네

윙윙 고추잠자리
뙤약볕에 고추처럼 익어
파란 하늘 취한 듯이
몇 바퀴 춤을 추네

팔월의 끝에서

길고 긴 폭염의 끝이 보일 때쯤이면
덩그러니
소외될 여름날의 횡포는
가을바람 앞에 멈칫하겠지?

여름의 요란한 함성이 끝나고
가을의 절규가 시작되면
길섶의 작은 바람마저
저만치 가고 옴을 알아차리고
수줍게 하늘거린다

이렇게 자연의 이치도
가고 또 오고를 반복하면
우리 또한 많은 걸 남기고, 배우고
비움에 채움을 더할 가을을 기대하며
여름 이별을 준비한다

그 뜨겁던 성하의 계절이 끝나는
팔월의 끝에서

허공 속에

한 줄기 빛 애잔한 그리움으로
이는 바람에 애틋한 보고픔으로
귓전의 벌레 소리에 애타는 기다림으로
적막 속 발걸음에 두근거리는 설레임으로

추억 속에 묻어 있는 파편들
허공 속에 흩어지는 잔해
기억 밖으로 툭툭 털고
무지갯빛 고운 색으로
내 안의 나를 그려본다

허공 속에…

섬진강에 내리는 추억

햇살 아래 스치는 바람
섬진강 가득 윤슬이 춤추고
내 마음엔 강물이 머물러
포근히 내려앉는다
붉그레 물 들어가는 나뭇가지에
가을의 깊이가 느껴지고
들판의 결실은 영글어
곳간에 행복으로 채운다

굽이굽이 흐르는 강물
또 한 계절을 보내고
다른 계절 영접하려 분주해진다

나뭇잎 흩뿌려
앙상한 가지로 남기며
춤추는 윤슬은
얼음 속으로 사라지리라

산정 호수

는개비 내리는 날은
무작정
산정 호수로 가자
머리엔 추억을 이고
가슴엔 그리움을 담고
두 발걸음엔 세월의 흔적을 실어
하늘색이 내려앉은
산정 호수로 가자

서둘러 떠난
는개비 내리는
호숫가 벤치에서
시를 노래하며
머릿속 도화지에
호수의 그림을 그리련다

추억으로 사라진
그 사람을 그려본다
잊혀진 아픈 영상으로 허공 속에
흩어져 버린다
파문이 일어나
호수의 물이 되어버린다
그 사람이 사무치게 그리운 날은
난 산정 호수로 가련다
는 개비 내리는 날에 이왕이면

빗줄기에

떨어지는 빗방울 음표 되어
애잔한 선율로
공허한 가슴에 한줄기
빛으로 온다

쏟아지는 빗줄기
오선지에
수많은 음표 그려본다
그대 창가에 띄우려고

노을

누군가를 보내고 나니

빈자리에

발갛게 익은
석류빛 노을이 유리잔에 넘친다
잔잔한 바다에 맞닿은 하늘은
누군가가 물감을 풀었는지
점점 붉게 가득 고인다

아!
누군가를 보내고 노을 앞에 서니
오만도 사라지고
편견도 사라진다
편안한 휴식으로
곧 다가올 달빛을 안고
부드러운 선율 따라 이제
춤을 출 준비를 한다

그대가 기다려지는 날엔

그대가 기다려지는 날엔
슬픈 영화를 보며
깊고 깊은 보고픔을 달랜다

주인공의 모습에
그대 얼굴이 오버랩 되어 내게로 다가온다
이 슬픈 영화가 끝나면 곧바로
우리가 자주 갔던 그곳으로 달려가리라

아쉬움이 가득한 채로 애써
그리움을 밀어낸다
멍하니 그 자리에서 어느 바람결에
그대 소식 오려나 기다려본다

그러다 지쳐
언젠가는 해후하는 날 있길
소원하면서 그 자리를 뜬다

잠 못 드는 밤
-불면증

아~ 그분이 또 오셨다
세상 짐 다 짊어지고 와서 내 앞에
풀어 놓으려 그분이 오셨다
밤을 낮 삼아 오늘도 집 몇 채를
지었다 부쉈다

얄미운 그분!
야속한 그분!
대추차도 싫댄다
카모마일차도 싫댄다
나더러 어쩌라고 온갖 시중
들라 하시는지~

긴긴 겨울밤 암흑가에 내던져 놓고
도대체 어떡하란 말인가?

이번 발걸음은 부디 잠시 머물다가
가시기만 하소서!
부디 매달리지 않을 때
뒤도 돌아보지 말고
아주 멀리 가소서!

예수 : 나의 님이시여

무엇하나 내 것이 없으신
가난한 님이시여
순간의 삶을 영원한 삶으로
만들어 주시고 떠난
거룩한 님이시여

우주의 살아 숨 쉬는 모든 것을
사랑으로 감싸 안고
십자가의 꽃이 되신 가련한 님이시여
십자가의 고통으로 인류를 구원하시고
먼저 하늘의 사람이 되신
우리들의 영원한 님이시여

아무리 찾아봐도 볼 수 없는 얼굴이지만
우리들의 가슴 속에 그리움 되어
영원히 남아 있습니다

오월의 성모님

초록이 물들고
오월의 꽃이 활짝 웃는 성모 성월
당신이 오신 그날은 유난히 푸릅니다
하늘에 초록과 푸름이 물들어가고
라일락 향기가 바람 끝에 머물면
축복받은 우리는 환희로 가슴을 엽니다

가난하고 병들어 버린 육신의 영혼이 돌아오면
연 하늘빛 당신
숨결의 울림으로 치유되고
새로운 다짐을 하고
모자란 용기를 충전하고
손짓 끝에서 희망을 찾습니다

은총으로 피어나는 오월이 장미를 않고
오늘도 묵주를 바칩니다

어느 하루 좋은 날
-사제서품 30주년 기념

하늘과 땅의 바람이 가슴 시리게도 불던 정월 어느 날
수단의 옷자락에 세상 한숨 감추시고
그분 가신 고난의 길
묵묵히 따르고자 제단 앞에 엎드리니
그날은 처음이자 마지막으로
통한의 눈물이 땅으로 땅으로 스며들었습니다.
세상과 타협하지 않으려
온 세상을 사랑하고 노래하며
영원한 삶을 가슴으로만 품고자 했습니다
밝은 곳에서 어둠의 적막으로 늘 기다려주는 당신은
진정 예수의 사람이었고
낮은 듯 높은 곳에 계시고
뒤에 선 듯 앞서가며
미약한 우리들의 신앙의 선두에서
꺾이지 않는 나무였으며
가슴속에 시들지 않는 꽃이셨습니다
세상의 빛이 사라지는 날
영원히 사는 등불이 되어
우리들의 곁에서 머무르는 당신이 되어 주십시오

가슴에 새길 말씀
귀담아들어야 할 진리
당신이 걸어야 할 그 길
이웃에게 나누어야 할 기쁨과 평화
그리고 봉헌해야 할 희생은
외로운 당신께서 짊어져야 할 등짐인가요?
그러나 주님이 곁에 계시기에 행복해 보입니다
당신이 걸어오신 서른 해 긴 세월 그리고 남은 세월
우리들은 침묵으로 응원의 함성을 보냅니다

아버지

사월이 가고 오월이 올 때쯤이면
6년 전 이맘때쯤 다시 못을
먼 길 가신 아버지가 보고 싶다
아버지란 세 글자만으로 가슴이
먹먹하고 어느새 내 볼엔
눈물이 뒤범벅되어 있다

아버지 돌아가시고 어떻게 살까 싶던
아득함도 세월이 다독여주니
살아졌나 보다
우리 가족에게 아버지의 빈자리가
주는 슬픔은 그 무엇에다 비교할까?

6년이란 세월이 흘렀어도 문득문득
고향 집에 아버지가 계실 것만 같다
전화기 너머로 "아버지" 하면
"그래 별일들 없지?" 하고 내 이름을
불러 주실 것만 같다
자신의 모든 걸 다 내어주시고도 늘
모자라 안타까워하신 우리 아버지

40여 년 교직에 계시면서 어디 하나
흐트러짐 없이 사람이 갖춰야 할
덕목을 가르치신 우리 아버지
아버지의 자식임이 자랑스러웠던
그 시절!
그렇게 우리의 지금을 있게 해주신
우리 아버지
이 글을 쓰고 있는 지금도 눈이
아플 정도로 하염없이 눈물이 흘러
시야를 가린다
아버지의 모습이 잊혀질까
다시 한번 그려 본다
아버지!
그립습니다

어머니

여든하고도 둘이신 나의 어머니에게도
풋풋한 소녀 시절이
내가 엄마 되고 할머니 되어 본 후에야 알았습니다.
봄볕이 사뿐히 내려앉던 날
들릴 듯 말 듯 콧노래로 부르시던 노래 '바위 고개'
유난히도 그날은 구슬프게 들리는 건
아마도 외할머니를 그리워했나 봅니다
나의 어머니에게는
추억도 없고, 취미도 없고, 꿈도 없이
그저 무심한 세월 속에
몸과 마음도 저당 잡힌 채
가족들만을 위해 사는 철인인 줄 알았습니다
그래서 어머니는 태어나면서부터
어머니인 줄 알고 지낸 나의 우매함을
참으로 오랜 후에야 깨달았습니다
어머니에게도
유년, 소녀, 청춘 시절이 있었습니다
어머니와 내가 한 몸일 때로 돌아가서
서로 바꾸어 태어나서
나의 어머니가 왜 그렇게 가족을 위해 희생하셨는지
몸소 느끼며 깨달으며
어머니 걸어오신 그 길을 걸어보고 싶습니다

그리워하고 사무치게 또 그리워해도
그리움은 그대로 나의 가슴에 남아 있어
오늘도 작은 소리로 불러봅니다

나의 어머니…

길고 긴 하루를 해를 향해

두 팔 벌리니

햇살의 눈 맞춤이 있어

노랗게 폈던 그 꽃잎은 지고

가슴팍은 속으로 까맣게 타서

그리움의 씨앗으로 여물겠지요

3
부

친구에게

친구야 너는 나에게
없어서는 안 될 별이며, 달이며, 해란다

밤하늘 무수히 뿌려 놓은 별 중에 하나이며
차갑게 어둠 밝히는 빛이며
살아있는 생물에게 피가 되고 살이 되는 한낮의 해처럼
넌 나에게 그런 존재란다

어둠의 둘레를 빙빙 도는 별이 되어
때론 달이 되어
나 또한 네가 걷는 그 길의 길잡이가 되어줄게

친구야
빗속을 걷고 싶다면
난 우산이 되어 너의 곁으로 갈게
파도치는 바다를 걷고 싶다면
난 갈매기가 되어 너를 지켜 줄게

너는 나에게
나는 너에게
우산 같은 존재, 파도 같은 존재로
이 세상 끝까지
손깍지 꼬옥 끼고 영원히 놓지 말자꾸나
세상이 혹여 우리를 속일지라도
서로를 바라보며 큰 한숨 한번 내쉬고
다독여 주며 지금처럼만 살아가자

여름비

찰박 찰박
신발은 구석 저만치 벗어놓고
촉촉해진 흙 마당에서 하루종일
뛰고 놀아도
누구 한 사람 나무라지 않아 좋네
흠뻑 젖어 비 맞은 생쥐가 되어도
황토색 흙탕물이
온통 뒤범벅되어도
그날은 엄마가 호호 웃으셔서 좋네

8月의 여름

몸서리치게 따가운 태양마저
지칠 대로 지쳐버린
8月의 여름
소나기 한때 뿌리니
앙칼지게 울어대던 매미
목을 축이며 휴식을 취한다
소나기 잠시 멎자
여기저기서 귀가 멍하도록
매애앰 매애앰~
뒤뜰을 또다시 흠뻑 적신다
비 오다 그치고 또 내리면
긴긴 여름을 보낼 아쉬움에
한나절 내내
통성기도로 울어댄다
또 여름은 이렇게 끝나나 보다

그리운 고향

소슬바람 불어 향수에 잠기는 날
바다향이 짭쪼롬한 내 고향으로
방아 잎 향긋이 베인 내 고향으로
언제든 가고 싶다

내 청춘의 한 시절이 그리워지면
어느새 마음엔 슬픈 바람이 분다

잊혀진 듯 잊혀지지 않는
먼 기억 속의 마을이 되어 가지만
그래도 아직은 내 소녀 시절
불타는 열정이 숨 쉬고 있고
내 부모 형제 친구의 역사가 살아 숨 쉬고 있고
객지 생활 지친 날개 접어
쓰러질 곳 또한 그곳에 숨 쉬고 있다

산과 바다와 더불어
나이를 먹어가며 기다려주는
고향으로 돌아가고 싶다

아! 나의 노스텔지어여!!

폭포

까마득한 낭떠러지에 서서
한바탕 호탕하게 웃으면
산이 놀라고
푸드덕 산새들이 허우적댄다

찬란히 물방울을 깨트리며
물보라를 만든다

무지개를 만들면서 떨어져 내리면
절망이 희망이 되는 소리를 듣는다.
힘없이 추락은 할지라도
그건 희망을 향한 몸부림일 것이다

미지의 세계로
신비의 세계로
내달리기 위한 용기일 것이다

해바라기

폭포처럼 쏟아지는 햇살에
그리움은 목메이게 젖어버리고
하늘을 올려다보니
애타게 당신 부르며
목놓아 울부짖습니다.

무엇으로도 치유하지 못하는 짝사랑의 진지함은
내 생애 딱 한 번뿐인 것으로
순결을 맹세합니다

길고 긴 하루를 해를 향해
두 팔 벌리니
햇살의 눈 맞춤이 있어
노랗게 폈던 그 꽃잎은 지고
가슴팍은 속으로 까맣게 타서
그리움의 씨앗으로 여물겠지요

비로소 나만의 님이 되는 날을 기다리며
오늘도 여전히 하늘 향해 있습니다

가을에

높디 높은 하늘 아래
고추잠자리 날갯짓
하늘하늘 가녀린
코스모스의 애처로움

벌판의 노란 물결
곳간을 채우고
늘어진 감나무엔
진홍빛 결실이 달리고

영글은 밤송이엔
알밤이 고개 내밀고
노랑 빨강 옷으로
단장하는 나무들의 여유로움

예쁜 옷 차려입고
고운 자태 뽐내며
으스대는 계절의 변화

바람에 날리는 낙엽 되어
추억을 선물하는…
그렇게 가을은 저물어 간다

가을이 오면

가을이 오면
미처 떠나지 않은 여름을 뒤로하고
훌쩍 발길 닿는 대로 떠나고 싶습니다
저쯤 높아진 가을하늘로
지친 마음의 문이 열리고
어제 간 것처럼 낯설지 않은
산이라도 좋고 바다라도 좋은
그런 곳이면 더 좋습니다

걷다가 지칠 때쯤
산사의 약숫물로 목을 축이고
산국화 노랗게 꽃망울 머금은 길섶에
무명의 새들 합창 들으며
간밤 설친 잠을 잠깐의 졸음으로 채워가면
그런 낭만이 또 어디 있습니까

가을이 오면
비어 있던 헛헛한 가슴이 열리고
짝사랑의 그리움에
행여 다시 돌아올 설레임이 자리 잡으면
그렇게 기대감으로
운동화 끈 질끈 나비 매듭짓고
무작정 떠나고 싶습니다

가을 풍경

여름이 길을 잃고 헤메이는 자리에
가을이 찾아오면
단내 나도록 지친 몸과 마음에
보약 같은 기운을 불어 넣어보자

외면하고 무관심으로 닫아버린
욕심에서 벗어나 무엇이든 주고야 마는 어머니 마음으로
하늘 한번 올려다보고
바다 한번 보듬어 주고
산을 한번 내려다보자
곳간 가득히 채워줄 밤송이 녀석들
자리다툼으로 빼곡히 여물어져 가고
가뭄에도 목이 타도록 견뎌내고
폭우에도 근근이 살아난
들판의 나락이 고개 숙일
가을이 찾아오면
이내 가슴 빈자리도 아낌없이
사랑하는 이들에게 내어주자

잠시 잠깐 머물다 갈 계절의 슬픔!
가을이어라!

가을의 바람

우거져 우는 숲과
파도를 만들며 우는 바다를
다독이며 한바탕 휘젓다가
어느새 바람은
비좁은 창문 틈 사이로
찬바람 되어 들어오고
발길 닿는 곳
눈길 머무는 곳마다
가을이 넘쳐나고
단풍 반 낙엽 반으로
작은 호수도 붉게 물들어간다

안간힘으로 꽃을 만들고
느긋함으로 열매를 맺게 했으니
이제는 충만이 넘치는 눈부신 가을바람으로
이별을 준비해야 할까
애수에 젖은 침묵으로 쓸쓸은 했지만
날 견디게 하는 바람이 있었으니
그건 가을바람이었다

돌아갈 수 없기에
떠나는 가을의 바람은 더욱 그리워질 테니
큰 그리움으로
윙 바람은
내 가슴에 맴돌다 간다

가을 손님

고독을 노래하며
슬퍼할지라도
허전할지라도
바람이 되어 그리움 물든 채로
그대 곁으로 다가갑니다
여름의 뜨거운 시절은
추억을 안은 채
가슴으로 쓸쓸히 스며들어
가을을 넘겨주고는 떠나고 마는군요.
모가지가 가녀린
코스모스 한 아름 꺾어 들고
여름날 숱하게 오고 간
이야기들과 이별하고
지금 난 그대 곁으로 가고 있습니다.

내게 바다는

목 놓아 서럽게 울고 싶을 때
나는 바다를 찾는다.
내 통한의 울음소리를
파도가 삼켜주고
비좁은 나의 가슴
보듬어 달래기도 한다

어차피 우리는
세상살이 서툰 이방인이라
서로 부대끼며 살다
언젠가는 사라져 갈 거품 같은 존재다

내게 말을 건네지 않는 바다여!
빛을 잃은 어둠 속에서
텅 빈 웃음으로 목이 쉬도록
날 불러다오

지쳐 쓰러질 때마다
잊지 못할 한마디를 들려다오
빛을 잃고 어둠 속을 헤메일 때마다
환한 웃음으로 세상을 용서할
그런 힘을 내게 다오
화산같이 밀려오는 파도를 포옹하듯
이글거리며 떠오르는 태양을 품어주듯

눈물 젖어 가슴 아픈 굴곡의 소용돌이 뒤로하고
다시금 내 자릴 찾을 수 있는
그런 힘을 내게 주오
아픔의 무게만큼 힘든 삶의 넋두리를
마음껏 풀어 놓고 싶을 때 내 곁에 있어 주오
내 안에 언제나 빛나는 바다여

메밀꽃 피는 구월

길가 코스모스가 예쁜 미소 가득한 날
쪽빛 하늘 머리에 이고
발길 잦은 설레임 안고
길을 나선다

파도가 만들어 내는 하얀 포말처럼
물보라 뿌리며 하얀 거품이 일어나듯
흐드러지게 메밀꽃이 핀다

바람에 몸을 맡긴 채 한들한들 물결치면
잠자리 꼬리치며 동그라미 춤을 추고
꿀벌의 바지런함에 마음 후한
메밀꽃은 기꺼이 몸을 내어주며 반긴다

소금을 뿌린 듯 뽀얀 속살 드러내며
옥수수 알, 꽃처럼 터지는
메밀꽃 피는 시절 구월에는
일편단심 가슴 품은 내 님과
그 길을 다시 돌아온다

그래서 눈물이 납니다

계절이 또 다른 계절로 흐르고
가을의 설레임도 가득한
맑은 하늘이 눈부셔서
눈물이 납니다

오늘 아침 햇살을 볼 수 있고
긴 밤 폭풍우에 길섶 들풀이
끄떡없이 살아있어 대견해서 눈물이 납니다
비 내리는 오후 어느 날
찻집 아저씨가 볼륨 높여 틀어준
송골매의 "빗물"이라는 노래 가사가
이유 없이 눈물 나게 합니다

잠 오지 않는 깊고 긴 밤
째깍째깍 초침 소리가 삶의 재촉 같아
무서워 눈물이 나기도 합니다
슬픈 드라마 속 주인공의 얘기가
내 얘기 같아 애써 참지 않고
나는 눈물 연기를 해보면서 울어 봅니다
시보다 아름다운 가사의 노래에
그냥 눈물샘이 터져버려 나도 시인이 되어
한 줄 시를 쓰기도 합니다

떠나는 그대 바람이라 잡을 수 없어
멍하니 뒷모습만 바라보는 내가 바보 같아
엉엉 울고 맙니다
사랑하고 싶어 눈물이 나고
사랑할수록 눈물이 나고
그리울수록 자꾸 눈물이 납니다

삶의 끝에서

삶의 끝에 섰을 때
어떤 이가 묻습니다
그댄, 누굴 얼마나 가슴 뜨겁게 사랑하였느냐고,
나에게 죄지은 자 진심으로 용서해 주었느냐고,
절망에 빠진 내 이웃에게
손 내밀어 용기를 준 적 있느냐고.

삶의 마지막 날에 섰을 때
어떤 이는 대답합니다
사랑하는 데 시간을 허비하지 않았습니다
죄는 미워해도 결코 사람은 미워하지 않았습니다
난, 사람의 도리를 늘 먼저 생각했습니다
삶은! 모두에게 선물일 때가 더 많습니다

자아를 찾아

인생은 짧다고 했던가?
하지만 요람에서 무덤까지 우리네 인생은 긴 역사의 굴곡에서
때론 웃으며, 울며, 화내면서 성숙되어 왔다
부모님의 안락한 품 안에서는 20여 년 남짓
그 나머지의 40년의 시간은 개척자의 정신으로 무장한 투사로
전력투구 살아왔다
자식과 남편의 뒷바라지는 그 어떠한 집념이 아니면
감히 못 해낸다고 늘 생각하면서 마음 한켠에서는 나라는 존재를
찾기 시작했는지 모른다
24시간 정신과 육체를 풀가동 시켜도 어디에선가 구멍이 생기고
허점이 드러나고 말지
표시 나지 않는 주부라는 직업에서 허우적대다 아이들이 짝을 지어
집을 떠나고 나니 나에게 남는 건 공허함과 외로움뿐이었다
그 빈자리를 무엇으로 채울까 고민하던 중 어느 날
우연한 기회에 절친의 시 낭송 행사 객석에 앉게 되었다
문자 언어 예술에서 소리, 음악 예술로 승화시켜 시인의 가슴 울림을
대변해 주는 시 낭송은 영혼의 날개였고 산소를 불어 넣어주는
예술로 내 가슴에 다가오기 시작했다

우리가 살아가는 모든 일상이 시로 거듭나고 그 시를 살려주는
시 낭송은 단비가 되고 마음의 양식이 되어 우리들의 인생에
주인공으로 기억되길 감히 말하고 싶다
내가 읊어가는 한 편의 시가 화선지에 먹물이 스며들어 가듯
건조한 삶의 무게에 조금씩 아주 조금씩 촉촉이 스며들어
숭고한 정신문화를 일깨우는 계기가 되었으면 하는 바램이다
더 많이 노력할 것을 다짐해 본다

어쩌다, 예순

이숙미 · 이숙정 시화집

초판인쇄   2021년 1월 15일
초판발행   2021년 1월 29일

지 은 이   이숙미
그   림   이숙정
펴 낸 이   노용제
펴 낸 곳   정은출판

주   소   서울특별시 중구 창경궁로 1길 29 (3F)
전   화   02-2272-9280
팩   스   02-2277-1350
이메일   rossjw@hanmail.net
ISBN   978-89-5824-424-0 (03810)

값 15,000원